흔박흔형!

아버지를 아버지라, 형을 형이라 부르지 못했던

흔길룡이 ⟋세상을 바꾸는 이야기.!!

글 설민석

설민석은 어른, 아이 할 것 없이 누구에게나 쉽고 재미있게 이야기를 전달하는 최고의 '스토리텔러'입니다. 아이들이 고전에 녹아 있는 옛사람들의 삶의 모습을 이해하며, 오늘을 살아갈 지혜를 얻길 바라는 마음으로 『설민석의 우리 고전 대모험』을 썼습니다. 그동안 지은 책으로 『설민석의 한국사 대모험』, 『설민석의 세계사 대모험』, 『설민석의 삼국지 대모험』, 『설민석의 그리스 로마 신화 대모험』 등이 있습니다.

글 최설희

동국대학교 문예창작학과를 졸업하고, 어린이 책을 만들고 쓰는 일을 했습니다. 지금은 두 아들과 함께 여전히 읽고, 이야기하고, 쓰고 있습니다. 지은 책으로 『조선에서 레벨업』, 『에그박사와 공룡 에그』, 『처음 읽는 그리스 로마 신화』, 『조선스타실록』, 『고릴라 올림픽! 우리 윗집이라니!』, 『내가 먹는 음식』 등이 있습니다.

그림 강신영

1995년 만화계에 입문하여 2007년까지 무협 만화를 그렸습니다. 2007년 『태왕사신기』 작품을 시작으로 현재까지 어린이를 위한 학습 만화를 그리며 아이들에게 재밌고 유쾌한 작품을 전하고 있습니다. 대표작으로 『Why?』 시리즈와 『용선생 만화 한국사』, 『겜브링의 공룡대전』, 『곤충보다 작아진 정브르』, 『권일용 프로파일러의 사라진 셜록 홈즈』 등이 있습니다.

감수 류수열

서울대학교 국어교육과 및 동 대학원 국어교육학 박사 과정을 졸업하였으며, 현재 한양대학교 사범대학 국어교육과 교수로 재직 중입니다. 대표 논저로 『문학교육을 위한 고전시가작품론』(공저), 『청소년을 위한 고전소설 에세이』, 『문학교육개론 II』(공저), 『수능 국어 영역에 대한 비판적 점검과 발전적 방향 모색 - 수능 평가의 본질 회복을 향하여』 등이 있습니다.

설민석의
우리 고전 대모험
⑤ 홍길동전

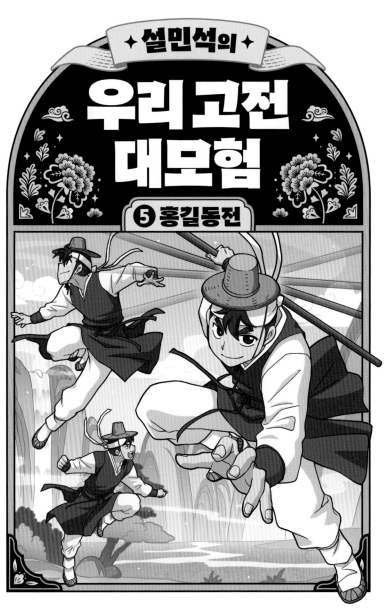

Dankkum i

선조들의 지혜와 가치가 담긴
또 다른 역사, 우리 고전!

머리말

여러분, 안녕하세요. 설민석입니다.

이 책을 펼친 여러분들은 아마 역사에 대한 글을 쓰고, 강연을 하는 설쌤을 좋아하는 분들일 텐데요. 그런 제가 이번에는 여러분께 우리나라의 고전 문학을 들려드리려고 합니다.

몇 해 전, 사료 공부 중에 〈춘향전〉을 깊게 읽어 보게 되었습니다. 그때 느낀 놀라움은 제가 역사를 처음 공부했을 때의 감동, 바로 그것이었어요. 〈춘향전〉은 제가 읽은 그 어떤 책보다 흥미진진하고, 감동적이고, 교훈적이기까지 했거든요. 그리고 다짐했습니다. 제가 사랑하고 저를 아껴 주는 우리 친구들에게 고전이라는 보물을 꼭 알려 줘야겠다고 말이지요.

　고전을 왜 읽어야 할까요? 저는 고전이 선조들의 삶의 지혜와 가치가 담긴 또 다른 역사라고 생각합니다. 고전을 통해 그 안에 녹아 있는 옛사람들의 삶의 모습을 이해하며, 오늘을 살아갈 지혜를 얻을 수 있기 때문이지요.

　그래서 우리 고전 가운데 가장 재미있는 이야기를 모으고, 대모험의 세계관을 더해 〈설민석의 우리 고전 대모험〉을 직접 들려드리려 합니다. 꿈과 현실을 넘나드는 고전 속 이야기는 꿈을 키워 갈 여러분에게 좋은 자양분이 되어 줄 거예요. 자, 그럼 설쌤과 함께 신명 나는 우리 옛이야기 속으로 떠나 볼까요?

등장인물

❀ 설쌤 ❀

대한민국 대표 이야기꾼. 우연히 청
계천을 걷다 조선 시대에 온 뒤, 전기
수가 되어 사람들에게 이야기를 들
려주며 함께 울고 웃어요.

❀ 전기수 할아버지 ❀

책을 빌려주는 세책점의 주인이자,
거리에서 사람들에게 책을 읽어 주
는 전기수. 무언가 감추고 있는 비밀
이 있는 것 같아요.

❀ 미호 ❀

세책점에서 일하는 점원. 위기의 순
간 설쌤을 도와주며 함께 지내게 돼
요. 어려 보이지만 전기수 할아버지
와 거침없이 대화를 나누어요.

❀ 바우 ❀

본래 박 영감 댁의 꼬마 노비였으나,
박 영감이 욕심을 부리다 잡혀간 이
후로 세책점에서 일하고 있어요. 한
양 지리에 빠삭하고 눈치가 빨라요.

❀ 홍길동 ❀

홍 판서의 아들로 뛰어난 재주를 타고났지만, 천한 출생 때문에 자신의 능력과 뜻을 마음껏 펼칠 수 없어요.

❀ 홍 판서 ❀

홍길동의 아버지로 강직하고 덕이 높아, 모두의 존경을 받는 양반이에요. 길동을 아끼고 안쓰러워해요.

❀ 춘섬 ❀

원래는 홍 판서의 집에서 심부름을 하는 몸종이었어요. 홍 판서의 눈에 들어 첩이 되었고, 길동을 낳았어요.

❀ 활빈당 ❀

탐관오리를 피해 산에 숨어 살던 사람들이 모인 도적 떼예요. 홍길동을 만나 가난한 백성을 살린다는 뜻으로 의적, '활빈당'이 돼요.

차
례

프롤로그

할아버지가
의적?

설쌤의 〈토끼전〉 낭독이 끝나고 며칠 후, 할아버지가 민화 한 점을 세책점으로 가져왔어요.

그런데 민화를 본 설쌤은 깜짝 놀랐어요. 조선으로 오기 전, 미술관에서 인상 깊게 본 적 있는 '작호도'였기 때문이에요. 들뜬 설쌤은 어깨에 힘을 잔뜩 주고 지식을 뽐내기 시작했지요.

"이 그림은 '작호도'라고 하는데요. 호랑이는 지배 계급을, 까치는 백성을 상징해요. 그런데 호랑이는 우스꽝스럽게, 까치는 위풍당당하게 그려져 있지요? 심지어 까치가 호랑이를 놀리는 것처럼 보이기도 하고요. 즉, 이 그림은 백성들이 지배 계급을 비판하는……."

그때, 미호가 다급하게 세책점 안으로 들어왔어요.

에헴, 이 그림으로 말할 것 같으면….

잘난 척 또 시작이군.

"다들 소식 들었어요? 어젯밤에 호랑이가 나타났대요!"

"뭐, 뭐라고? 호랑이?"

놀란 설쌤이 되묻자 미호가 흥분해서 말을 쏟아 냈어요.

"네, 동네 곳곳에 호랑이 발자국이 찍혀 있었대요! 으르 렁거리는 소리를 들은 사람도 있고요!"

미호의 말에 잔뜩 겁을 먹은 설쌤이 호들갑을 떨기 시작 했어요.

"조선에서는 호랑이가 종종 마을로 내려온다고 하더니, 사실이었어. 잡아먹히기라도 하면 어쩌지? 난 아직 할 일 이 많다고! 흑, 나 호랑이 없는 서울로 돌아갈래!"

호랑이가 무서워한다는 곶감을 놓을까, 팥죽을 놓을까?

끙….

호랑이 이야기에 오두방정을 떠는 설쌤을 지켜보던 할아버지는 꾹 참듯이 두 눈을 질끈 감았어요. 그러더니 매섭고도 단호한 목소리로 말했지요.

"호랑이가 아무리 무섭다고 한들 탐관오리만 하겠느냐. 하루하루 백성들의 숨통을 조이고 있는데!"

세책점에서 책을 고르던 사람들도 고개를 끄덕이며 할아버지의 말에 맞장구를 쳤어요.

"맞아요. 호랑이는 숨어서 피할 수라도 있지, 탐관오리는 피할 수도 없잖아요."

"그러게 말이에요. 탐관오리 없는 세상이 오면 좋을 텐데…… . 참, 그런데 우리 마을에 의적이 나타난 거 같다면서요?"

"의적이요?"

의적이란 말에 설쌤의 귀가 쫑긋했어요. 설쌤의 관심에 사람들은 신나서 이야기보따리를 풀기 시작했지요.

"최근에 의적이 나쁜 사람들의 재물을 빼앗아서 가난한 사람들에게 나눠 주고 있나 봐요. 왜 지난번에 활인서 앞에 곡식이랑 재물이 가득 쌓여 있던 적도 있잖아요. 그것도 다 의적이 한 거래요!"

"아차차! 얼마 전에는 마을 깊은 곳에 사는 가난한 선비 형제 집 앞에도 죽은 짐승이 놓여 있었다네요. 의적이 죽은 짐승을 가져다 둔 적은 한 번도 없어서 뭔가 이상하긴 하지만……. 뭐, 선비님들 배곯지 말라고 한 일이겠죠."

"머, 멋있어!"

사람들의 말을 들은 설쌤은 의적에게 반한 듯 감탄했어요. 하지만 미호와 할아버지는 어색한 표정을 지으며 서로를 쳐다보았지요.

눈치 빠른 바우는 두 사람이 신호를 주고받는 것을 보았어요. 그리고는 무언가 알겠다는 듯이 살며시 미소를 지었지요. 그러는 사이 설쌤이 결심한 듯 외쳤어요.

"의적이 나쁜 사람들을 혼내 주는 이야기는 언제 어디서 들어도 흥미진진하지요. 좋아요, 다음 이야기는……!"

설쌤은 곧장 연습을 시작했어요. 의적이 활약하는 이때, 조선의 대표적인 의적 이야기를 담은 〈홍길동전〉은 조선 사람들에게 특별한 감동을 줄 수 있을 것 같았거든요.

그렇게 얼마나 시간이 흘렀을까, 마을에 어둠이 내리고 깊은 밤이 찾아왔어요. 모두 잠이 들었지만, 설쌤은 홀로 세책점에 남아 작은 호롱불 하나만 밝혀 둔 채로 〈홍길동전〉 낭독 연습에 여념이 없었지요.

"음, 무슨 소리지?"

책에 고개를 푹 파묻고 있던 설쌤은 문득 인기척을 느끼고 고개를 들었어요.

순간 세책점 문이 빼꼼 열렸다 닫혔어요. 누군가 세책점
을 빠져나간 듯 보였지요.

"바우, 아니면 미호니?"

설쌤은 자리에서 벌떡 일어났어요.

"호랑이가 마을까지 내려온다는데 이 시간에 왜 밖에 나
가는 거야? 위험하게 말이야!"

설쌤은 급하게 세책점 밖으로 나갔어요. 누군지는 몰라
도 밖은 너무 위험하니 도로 들어오게 할 생각이었지요.
그런 설쌤의 눈앞에 믿기지 않는 장면이 펼쳐졌어요.

휙

휙

어, 어르신…?

"미……, 미호! 미호야!"

설쌤은 헐레벌떡 달려가 곤히 자던 미호를 깨웠어요.

"어르신이 글쎄, 지붕 위로 막! 너 본 적 있어?"

미호는 이불을 끌어당기며 중얼거렸어요.

"그게 무슨 아닌 밤중에 홍두깨 내미는 소리예요……."

"내가 이 두 눈으로 똑똑히 봤어! 어르신이 지붕 위를 휙 휙 날아서 뛰어갔다고!"

설쌤이 놀란 마음을 진정하지 못하고 고래고래 소리치 자, 미호가 결국 부스스 몸을 일으켰어요. 그러고는 설쌤 에게 나지막이 말했지요.

1화
아버지를 아버지라
부르지 못하고….

"할 말이 있으면 하거라. 종일 째려보지만 말고."

"어르신, 그게……."

할아버지를 보는 설쌤의 입이 근질근질했어요. 당장이
라도 어젯밤 사건에 대해 따져 묻고 싶었지요. 하지만 곧
〈홍길동전〉을 낭독하러 가야 했기에, 궁금증은 뒤로 미뤄
두기로 했어요.

"휴, 아니에요. 다녀오겠습니다."

"싱겁긴. 그래, 내 곧 따라가마!"

설쌤이 도착하기 전부터 사람들은 오늘의 이야기판을 기다리며 둥그렇게 모여 앉아 있었어요. 삼삼오오 머리를 맞대고 이야기를 나누고 있었는데, 오늘의 가장 뜨거운 소식은 간밤에 또 활약한 의적에 대한 이야기였지요.

"어젯밤에는 새로 온 사또 댁이 싹 털렸대."

"그 사또가 온 뒤로 세금이 엄청 많이 올랐잖소. 의적도 알아본 거지. 우리 세금으로 사또네 곳간이 채워지고 있는 것을."

　　설쌤은 주섬주섬 이야기판을 준비하는 척했지만 귀는 사람들을 향해 활짝 열려 있었지요.

사람들이 의적 이야기를 하는 사이, 이야기판에는 사람들이 구름 떼처럼 모였어요. 설쌤이 부채를 '착!'하고 펼치자 사람들의 눈이 모두 설쌤을 향했어요.

설쌤은 빙긋 미소 띤 얼굴로 이야기를 시작했어요.

"자, 여러분! 지금부터 제가 들려드릴 이야기는 동에 번쩍, 서에 번쩍하는 홍길동 이야기입니다!"

밤이 깊었는데 자지 않고 뭘 하고 있느냐?

저벅

대감마님!

잠이 오지 않아서….

무슨 이유로?

홍 판서가 길동에게 묻자, 길동은 어렵게 입을 열었습니다.

…제가 첩의 자식이라는 이유로 모두가 저를 손가락질합니다.

맞습니다. 길동은 아버지가 홍 판서이나 어머니가 몸종 출신의 첩으로, 온갖 차별과 무시를 견뎌야만 했습니다.

무엇보다 서러운 것은 아버지를 아버지라 부르지 못하고, 형을 형이라 부르지 못하는 것. 오늘은 유독 원통합니다!

부들

부들

홍 판서는 평소 길동을 아꼈기에 그런 길동이 안쓰러웠습니다. 그러나 자칫 길동의 마음이 약해질까 봐 더 매섭게 대했습니다.

휙

양반집에 천한 출생이 너 하나인 것도 아닌데 어찌 이리 유난이냐? 그런 말 말아라.

길동이 마음을 터놓을 사람은
어머니, '춘섬'밖에 없었더랍니다.

길동아! 왜 그러니?

어머니!

길동은 홍 판서와 있었던 일을
털어놓았습니다.

대감마님께서
그렇게 말씀하시지만,
아들인 너를 참 귀하게
여기신단다.

너를 낳기 전,
대감마님께서 태몽을
꾸셨는데 그 꿈이
예사롭지가 않았어.

스윽

네가 태어났을 때 몸에서는 여러 빛깔의 구름이 피어올랐고,

응애

응애

다리에는 북두칠성을 닮은 붉은 점 일곱 개가 반짝였단다. 마치 하늘에서 점찍어 보낸 아이가 틀림없다는 듯이!

흑

흑

이리 귀한 네가 어쩌다 몸종인 내게서 태어났는지…!

대감마님께서도 그 점을 몹시 안타까워하셨으나, 유독 총명하고 날쌘 널 귀하게 여기신단다.

한층 진정된 길동이 차분한 말투로 어머니에게 당부했습니다.

…하지만 저는 출생이 천해 뜻을 펼치기도 어렵지 않습니까.

사내로 태어나 출세하여 이름을 세상에 알릴 수도 없는 신세, 언젠가 때가 되면 산속으로 들어가 세상을 잊고 살려 합니다.

뭐라고?

꼭 그래야겠니?

이곳에 있으면 영영 고통 속에 살아갈 것 같습니다.

다만…, 마음에 걸리는 게 하나 있다면 우리 모자를 원수 보듯 하는 곡산 어미겠지요.

이야기를 듣던 사람들이 입을 열고 한마디씩 했어요.

"아버지가 양반이면 뭐해. 어머니의 신분에 따라 팔자가 달라지는데."

"첩의 자식이라 아버지를 아버지라고 부르지도 못하는 길동이의 서러운 마음이 이해가 가네. 어휴."

사람들은 길동의 마음을 온전히 이해한 것 같았어요.

"그런데 곡산 어미는 대체 누구야?"

"길동이가 괜히 그러겠어? 심보가 아주아주 못된 사람이 겠지!"

사람들의 관심이 길동에게서 곡산 어미로 넘어가자 설쌤
은 이때다 싶었어요.

"여러분! 곡산 어미의 정체가 궁금하시지요?"

"네!"

곡산 출신이라 곡산 어미라고 불리는 초낭은 홍 판서의 또 다른 첩입니다.
초낭은 질투심이 많고, 갖고 싶은 게 있으면 무슨 수를 써서라도
갖고야 마는 독하고 모진 성격이었습니다.

나는 본부인!
첩들과 다르지!

홍 판서

아내 유씨 부인

아들 길동의 형

나만 아이가
없구나!

첩 초낭

첩 춘섬

아들 길동

혼자만 자식이 없는 초낭은 홍 판서가 아들 길동을
남몰래 애틋해하고, 예뻐하는 모습을 볼 때마다
배가 아파 이를 바득바득 갈았더랍니다.

단둘이서
무슨 얘기를
하는 거지?

잘근

안절

부절

무슨 수를
써서라도 길동과
그놈의 어미 둘 다
내쫓고 싶어!

얼마 뒤, 질투에 눈이 먼 초낭은
길동을 제거할 계획을 세웁니다.

자네가 그 유명한
관상쟁이*구먼?

소곤   소곤

***관상쟁이** 사람의 얼굴을 보고 성격, 수명 따위를 판단하는 일을 직업으로 하는 사람.

대감마님!
이 관상쟁이가 얼마나
잘 맞히는지 들어
보시겠어요?

우리 집안
사람들을 본 듯이
다 맞히다니!

그거 참
신통하구나!

관상쟁이는 홍 판서의 집안에 대해 줄줄 읊었습니다.
물론, 초낭이 미리 귀띔을 해 놓았기 때문입니다.

그런데
저 도련님은….

옳거니!
걸려들겠군!

속

씨익

***역모** 임금을 쫓아내고 새 나라를 세우려는 계획.

역모를 저지르면 친척과 후손들까지도 끔찍한 벌을 받습니다.
그만큼 위험하기에 홍 판서는 길동을 이대로 두면 안 된다고 생각했습니다.

앞으로는 집 뒤편 별당에서 지내거라. 외출도 삼가고.

예?

멈칫

꼼짝없이 갇힌 신세가 되었구나.

탁

그러나 초낭은 이 정도로는 만족하지 못했습니다.

이게 뭐람! 콱 죽였어야 하는데!

41

그래서 이번에는 홍 판서의 본부인과
그의 아들을 꼬드겨 보기로 했습니다.

저도 참으로
걱정이 되어서
그래요…!

흑
흑

더 큰 화가
생기기 전에
길동을 없애야
합니다.

그래도
어떻게….

도련님은
앞으로 큰일을
하셔야 하니까요.

뒷일은
제가 다 알아서
한다니까요!

초낭이 온갖 방법으로 설득하니
두 사람도 결국 길동을 없애는 것을
허락하고 말았습니다.

길동의 목숨이
붙어 있는 건
오늘까지라고요!

쟤가
더 무서워….

42

초낭은 남몰래 자객을 불러 길동을 없애라고 합니다.

실수 없도록!

틱

예!

그날 밤

사 삭

!

번 쩍

그러나 길동은 밖에 자객이 와 있다는 사실을 이미 눈치채고 있었습니다.

길동이 있던 방 안으로 들어온 자객은 눈앞의 풍경에
어안이 벙벙했습니다. 길동이 도술을 부렸으니까요.
사실 길동은 예사롭지 않은 태몽을 가지고 태어난 아이답게,
어렸을 때부터 도술을 부릴 줄 알았습니다.

49

길동은 자객을 처리하고는 별당을 나와 어디론가 향했습니다.

길동은 어머니인 춘섬에게도 마지막 인사를 했습니다.

반드시 어머님을 다시 뵐 날이 있을 것입니다.

떠날 때가 이리 빨리 오다니, 부디 몸조심해야 한다!

이렇게 무거운 발걸음을 이끌고 길동은 집을 떠났습니다.

초낭의 비명을 끝으로 〈홍길동전〉의 첫 번째 이야기판이 끝났어요. 쏟아지는 박수 소리를 들으며 설쌤은 허리를 굽혀 인사를 했지요.

이야기가 끝났지만, 사람들은 아직 여운이 남은 듯 자리를 뜨지 못했어요.

"초낭이 결국 질투에 눈이 멀어 일을 쳤구먼!"

"그러게 말이야. 그나저나 길동이가 도술을 부릴 줄 알았다니, 정말 신기하네, 신기해!"

"태몽이 괜히 예사롭지 않은 게 아니었어!"

사람들이 도란도란 이야기를 나누는 소리를 들으며, 설쌤이 자리를 정리하고 있을 때였어요. 저잣거리를 지나는 사람들의 말소리가 설쌤의 귀에 들려왔지요.

"다들 그 이야기 들었나?"

"무슨 이야기?"

"간밤에 또 선비 형제의 낡은 오두막 앞에 죽은 짐승이 놓여 있었다네."

"그 의적도 참 특이하네. 왜 선비 형제 집 앞에만 죽은 짐승을 놓고 가지? 돈이나 곡식도 아니고 말이야."

"찢어지게 가난한 형제들에게 고기 좀 먹이고 싶은 모양이지. 우리 집 앞에도 죽은 토끼라도 한 마리 놓여 있으면 참 좋겠네!"

사람들이 가난한 선비 형제의 집 앞에 놓여 있는 죽은 짐승 이야기를 하며 지나갔어요.

이들의 이야기를 묵묵히 듣던 할아버지는 결심한 듯 손을 탁탁 털더니 말도 없이 바삐 걷기 시작했어요.

"어? 어르신, 어디 가세요?"

설쌤이 할아버지를 급히 불렀지만, 할아버지는 말없이 걸음을 재촉할 뿐이었지요. 설쌤은 후다닥 자리를 정리하고 할아버지의 뒤를 따랐어요.

걸음이 어찌나 빠른지, 설쌤은 있는 힘을 다해 할아버지의 뒤를 쫓아야 했어요.

두 사람은 마을을 가로질러 한참을 걸었어요. 얼마나 걸었을까, 사람들의 발길이 닿지 않을 만한 마을 깊은 곳에 낡은 오두막이 한 채 나타났어요. 다 쓰러져 가는 오두막은 산 바로 아래 있어 오가는 사람도 거의 없어 보였어요.

"앗, 여기는 설마 선비 형제의 집……?"

설쌤이 나지막이 말을 내뱉자, 인기척을 느낀 선비 형제가 밖으로 나왔어요.

　설쌤이 쑥스러운 표정으로 말을 건네자 빼빼 마른 선비 형제가 설쌤을 보고 웃으며 말했어요.

　"소문이 퍼져서 이렇게 구경하러 오시곤 해요. 요즘 활약하는 의적이 죽은 짐승을 놓고 가셨을 거래요. 정말 감사한 일이에요. 안 그래도 식량 구하는 일이 쉽지 않은데 말이죠."

　눈치를 보던 설쌤이 형제의 손에 들린 책을 보며 조심스레 물었어요.

　"과거 준비를 하시나 봅니다."

형제 중 한 명이 멋쩍게 웃었어요.

"이렇게 가난해도 양반은 양반이라……, 과거를 준비하고 있습니다."

고개를 끄덕이던 설쌤은 할아버지를 보았어요. 짐승을 샅샅이 살피는 할아버지의 뒷모습을 가만히 보고 있으니, 간밤에 지붕 위를 날듯이 뛰어가던 그 모습이 떠오르고 말았지요.

설쌤은 뭔가 생각난 듯 재빨리 물었어요.

"죽은 짐승이 밤사이 여기에 놓여 있었나요?"

형제가 말없이 고개를 끄덕였어요. 형제의 대답에 설쌤의 생각이 꼬리에 꼬리를 물고 이어졌지요.

길고 긴 생각이 끝났을 때, 설쌤은 다짜고짜 할아버지에게 물었지요.

"어르신! 혹시 의적이에요? 사또 댁도 그렇고 선비 형제네 집에 짐승을 가져다 놓은 것도 다 어르신이 한 거 맞죠, 그렇죠?"

"이건 내가 한 게 아니다."

"네? 그게 무슨……."

알쏭달쏭한 대답에 설쌤이 되묻자 할아버지가 다시 대답했어요.

"짐승들을 둔 건 내가 아니라고."

할아버지는 말을 마치자마자 등을 휙 돌리고 자리를 떴어요. 설쌤은 또다시 허겁지겁 할아버지를 쫓았지요.

그날 밤, 설쌤은 할아버지의 정체를 밝히기 위해 세책점 구석으로 숨어들었어요. 할아버지가 오늘 밤에도 몰래 밖으로 나갈 게 불 보듯 뻔했거든요. 하지만 어제 밤늦게까지 낭독 연습을 한 탓인지 설쌤의 눈이 자꾸만 끔뻑끔뻑 감겨 왔어요.

얼마나 시간이 흘렀을까, 비몽사몽 눈을 뜬 설쌤은 자신을 한심하게 바라보고 있는 할아버지와 눈이 마주쳤어요.

"쯧, 여기서 뭘 하느냐? 오늘 두 번째 이야기판을 여는 날이 아니냐? 해가 뜬 지가 언제인데, 어서 가거라!"

할아버지의 호통에 설쌤은 부리나케 짐을 챙겨 이야기판
으로 향했어요. 사람들은 벌써 둥그렇게 모여 앉아 이야기
꽃을 피우고 있었지요.

"길동이가 집을 나서서 어디로 가려나?"

"초낭은 벌을 받겠지?"

설쌤은 그런 사람들의 모습을 보면서 씩 웃었어요. 그리
고 우렁찬 목소리로 이야기를 시작했지요.

"자, 여러분! 초낭과 길동은 과연 어떻게 되었을까요? 이
야기 속으로 들어가 보시지요!"

길동은 표주박이 떠내려왔을 법한 길을 따라 계곡을 거슬러 올라갔습니다. 그런 길동 앞에 거대한 동굴이 나타났습니다.

웅성
웅성

앗, 동굴 안쪽에서 사람들 목소리가…!

이쪽이로군!

첨벙

첨벙

동굴 속 어둠이 끝나자 앞이 탁 트이면서 숨겨져 있던 마을이 펼쳐졌습니다.

흠칫

으르릉

누굴 두목으로 뽑지?

당연히 나지! 나밖에 없지!

길동이 발견한 이곳은 도적들이 마을을 이루고 숨어 사는 곳이었습니다. 길동은 소리가 나는 쪽으로 다가갔습니다.

스윽

길동이 보아하니 도적들이 두목을 뽑고 있는 것 같더랍니다. 순간 길동은 이곳에서 도적들의 두목이 되어 보겠다고 생각했습니다.

넌 뭐냐?

나는 한양에서 온 홍 판서의 아들이다.

내가 이 무리의 두목을 맡으면 어떻겠나?

척

당연히 도적들은 기가 막혔지요.

어린놈이 맹랑하군!

머리에 피도 안 마른 녀석이!

씨익

큭큭

목숨은 살려 줄 테니 너희 동네 가서 놀아라!

뻥

씩

씩

이보게들, 높으신 분의 자제라고 하니 시험 한번 해 보는 게 어떤가?

좋습니다. 너, 저 돌을 들어 옮겨라.

헉, 정말
드…, 들었….

아무도
못 옮긴 돌인데!

두목이다!

우리
두목님이다!

길동이 커다란 돌을 단숨에 들어 옮기자,
깜짝 놀란 도적들은 길동을 두목으로 모셨지요.

사실 이들이 처음부터
도적이었던 것은 아니었어요.
탐관오리에게서 벗어나기 위해
숨어 살던 사람들이었습니다.

길동을 두목으로 세운 도적들은
곧장 다음 목표를 정했습니다.

두목, 해인사라는
절에 승려들이….

숙덕

숙덕

그곳 승려들이
백성들로부터 빼앗은
재산이 엄청나단 말이지?

네!

승

길동은 부잣집 도령처럼 멀끔하게 차려입은 뒤에,
부하들을 이끌고 해인사로 향했습니다.

이렇게
차려입으시니
정말 부잣집 도령
같습니다요.

따각

따각

따각

따각

71

당분간 조용한 이곳에 머무르며 글공부를 하려 하네. 아버님께 말씀드려 내일 이곳으로 쌀과 먹거리를 풍족하게 보내도록 할 것이네.

이게 웬 떡이냐!

글공부에 방해가 되지 않도록 절에 아무도 들이지 말게.

예, 알겠습니다.

꾸벅

승려들은 길동이 정말로 부잣집 도령인 줄로만 알고 잘 보이려 굽신거렸습니다.

다음 날, 하인으로 변장한
부하 도적들이 해인사로 쌀과
먹거리를 잔뜩 가지고 왔습니다.

그리고 길동이 승려들에게 말했습니다.

도련님께서 이걸로
잔치를 준비하라
하십니다.

잘 알겠습니다!

한 분도
빠짐없이 오시게.
오늘만큼은 다 같이
먹고 즐기세나.

예, 예!

굽신

굽신

하 하

하 하
하

스윽

73

무슨
일이십니까?

아버지가 보내신
귀한 음식은 어디에
두고 이따위
대접이냐?

여봐라,
저 괘씸한 자들을
전부 묶어라!

그러는 동안, 부하들은 해인사의 창고를 탈탈 털고 있었습니다.

그런데 이때 심부름을 갔던 절의 일꾼 하나가
이 광경을 보고 곧장 관아로 달려가 고한 게 아닙니까?
사또는 군사들에게 도적 떼를 잡아 오라 명령했습니다.

한편, 길동은 빠르게 달리는 축지법*을 이용해 먼저 달아난 부하들보다 더 빨리 마을 입구에 도착해 있었습니다.

사 사 사 사 사

엥? 두목?
아니, 어떻게?

이제들 오느냐?
거북이도 너희보다는
빠르겠다.

*축지법 도술로 땅을 좁혀 먼 거리를 아주 빨리 갈 수 있게 한다는 방법.

불이야, 불!

화르륵

불이야!

또한 길동과 도적들은 마을 바깥에 불을 지르고, 불을 끄느라 어수선해진 틈을 타서 관아 창고에 있던 곡식과 무기를 싹 털어 오기도 했습니다.

"뭐야, 겨우 천한 도적놈 얘기였군?"

설쌤이 신나게 길동의 활약을 이야기하고 있는데, 갑자기 웬 사내들이 끼어들면서 시비를 걸었어요.

"한껏 폼을 잡고 집을 나오더니, 결국 도적 떼와 한패가 되어서 도둑질이나 하는 거잖아."

이들은 군복을 입고 무기를 들고 있었어요. 설쌤은 요즘 마을에서 자주 보이는 사병 무리일 거라고 추측했지요. 재산이 많은 양반이나 관리들은 의적이 두려워 직접 병사들을 고용해 재산을 지키게 했거든요.

설쌤은 갑자기 이야기판에 찬물을 끼얹은 이들이 괘씸해 이를 악물었어요.

"과연 그럴까요? 이야기를 마저 들어 보시지요!"

이야기를 방해하는 건 못 참아….

불끈

*착취하다 일한 대가를 제대로 주지 않고 마구 부리고 빼앗다.

"와아아아!"

이야기를 듣던 사람들은 길동이 도적이 아닌 의적임을 알아차리고 박수를 치며 함성을 질렀어요.

"역시 보통 도적이 아니라, 의적이었구먼! 활빈당 만세다, 만세야!"

"길동이를 믿고 있었다고!"

사람들의 반응에 힘을 얻은 설쌤은, 당황해 어쩔 줄 모르는 사병들을 힐끗 쳐다보고는 보란 듯이 이야기를 이어 갔지요.

활빈당은 못된 탐관오리의 재물을 빼앗아 가난한 사람들에게
나누어 주는 활약을 이어 나갔고, 길동의 이름은 전국에 널리 알려졌습니다.

크크 크크

헤 헤

스윽

그런데 길동의 이름이 이렇게 널리 알려진
데에는 또 다른 이유가 있었습니다.

하나, 둘⋯,
여섯, 일곱,
나까지 여덟!

중얼

중얼

펑

짜잔

바로 도술을 부려 여덟 명이 된 길동이
동에 번쩍! 서에 번쩍! 나타나
조선 팔도를 누비며 활약했기 때문입니다.

길동을 찾기 위해 군사들을 전국으로 보낸 포도대장이
경상도 어느 주막에서 하룻밤 머물게 된 날입니다.

휴.

투덜

투덜

힐끔

갑자기
웬 연기가?

어린 녀석이
무슨 일로 땅이 꺼질 듯
한숨을 쉬느냐?

룰룰

나랏일이 걱정되어
그러지요.

도적놈 하나 때문에 임금님
마음이 소란하시다고 하니,
내가 그 도적을 꼭 잡고 싶어
이럽니다!

꽉

이야, 거참
당찬 꼬마로구나!

87

사실 내가 그 도적놈을 잡으러 온 포도대장이다. 내가 곧 홍길동을 잡을 테니, 나만 믿고 있거라.

소곤, 소곤

홍길동 실력이 보통이 아니라고 하던데요? 아무리 포도대장님이라고 해도….

슥

감히 나를 누구랑 비교하느냐!

그리 자신 있으시면 저분들은 놔두고 저랑 둘이 홍길동을 찾으러 가시지요.

좋다!

쿨쿨

벌떡

소년은 군사들을 놓고는 포도대장만 산속으로 데려갑니다.

저쪽에서 이상한 소리가 납니다. 홍길동이 있을 수도….

챙

올 거니!

너무 놀라 정신을 잃었던 포도대장이 눈을 떠 보니
이번에는 어디선가 쩌렁쩌렁 꾸짖는 소리가 들려왔습니다.

여…, 여기가
어디인고…?

스윽

네가 감히 활빈당 두목
홍길동을 잡겠다 했다고?

깜짝

아이고,
염라대왕님이신가 보다!
잘못했습니다!

쾅

푸하하하!
꼴이 참 우습구나!

스스 스슥

?

너…, 너는 홍길동
잡겠다던 꼬마?

킥킥

스윽

오냐, 그 꼬마가
바로 홍길동이다!

이해할 수 없는 일은 계속해서 일어났습니다. 포도대장이 다시 정신을 차려 보니 사방이 깜깜하고, 몸은 꼼짝도 할 수 없었으니까요.

포도대장과 부하들은 영문도 모른 채 자루에서 빠져나오느라 끙끙 애를 썼습니다.

사람들은 길동의 기이한 도술 능력에 혼을 쏙 빼앗긴 것처럼 보였어요. 어떤 일이 펼쳐질 것인지 한 치 앞을 몰라 더 재미있었지요. 하다못해 괜히 눈을 부라리던 사병들도 입을 헤 벌린 채 설쌤의 이야기를 듣고 있었으니까요.

"오늘 이야기는 여기까지입니다. 홍길동이 또 어떤 재주를 부릴 것인지, 다음 시간에 마저 들려드리겠습니다!"

그런데 사병들이 자리를 뜨며 굳이 밉살스럽게 한마디를 남기지 뭐예요?

"요즘 의적인지 뭔지가 설친다는데, 꼬리가 길면 밟힌다는 걸 알아 둬!"

"자기들이 탐관오리를 지키는 건 아는 모양이지? 지레
겁을 먹고 저러니 말이야."

"저들도 의적이 무섭긴 한 모양이야."

사람들도 투덜대듯 이렇게 덧붙였고요.

설쌤은 재빨리 할아버지의 표정을 살폈어요. 할아버지가
의적인 것 같다는 의심을 버리지 못하고 있었거든요. 그러
나 사병들이 윽박지르고, 사람들이 의적에 대해 수군거려
도 할아버지의 표정에는 전혀 변화가 없었어요.

세책점으로 돌아온 뒤에도 설쌤은 할아버지에게서 눈을 떼지 못했어요. 그러나 할아버지는 세책점을 두루 살피고, 저녁을 먹고, 또 서책을 읽고……, 평소와 전혀 다름없어 보였어요.

'어르신의 정체를 알아내면 내가 이곳 조선까지 오게 된 이유도 알 수 있을 것만 같아!'

설쌤은 엉킨 실타래 같은 기억들을 온전히 풀고 싶었어요. 그 기회가 눈앞에 있다는 생각이 들자, 각오를 다지며 밥을 힘주어 꼭꼭 씹어 삼켰어요.

3화
백성이 잘 사는 세상을 만들다

끼익

그날 밤 늦은 시각, 세
책점 문이 조심스럽게
열렸다가 닫혔어요. 동
시에 가벼운 발소리가
조심스럽게 세책점을
빠져나갔지요.

'지금이야!'

설쌤은 자는 척하고
있었지만 이 모습을 모
두 지켜보고 있었어요.
재빨리 문을 열고 뒤를
밟았지요.

'어르신이 또……!'

밖으로 나간 사람은 바로 할아버지였어요. 할아버지는
날랜 몸짓으로 지붕에서 지붕으로 뛰며 어디론가 향하고
있었어요. 설쌤은 온 힘을 다해 세책점에서 점차 멀어지는
할아버지를 뒤쫓았어요. 그러다 어느 순간 할아버지가 으
리으리한 기와집 너머로 휙 사라지는 것을 발견했지요.

'저, 저곳은……? 신 대감님 댁이잖아!'

할아버지가 향한 곳은 설쌤도 잘 알고 있었어요. 그 집의 주인인 신 대감은 피 같은 재산을 지키겠다며 요즘 사병들을 세워 경계를 단단히 하는 중이었으니까요. 바로 그 사병들이 설쌤의 이야기판에도 끼어들었으니 설쌤이 모를 리가 없었지요.

설쌤은 세책점으로 돌아와 할아버지가 올 때까지 눈을 부릅뜨고 기다렸어요. 동이 트자 세책점의 문이 다시 조심스럽게 열렸지요.

"이제 정체를 밝히시죠? 어떻게 그렇게 하늘을 날듯이 뛰어다니시는지, 또 밤중에 어디를 다녀오시는지."

설쌤이 단단히 작정한 듯 조목조목 따지자 할아버지는 궁지에 몰린 사람처럼 뒷걸음질을 쳤어요. 이때다 싶어 설쌤은 할아버지를 더욱 몰아세웠어요.

"어르신이 의적 맞죠? 더 이상 부정하지 마세……,"

그때였어요.

크르르릉

날카로운 호랑이의 울음소리가 온 마을에 울려 퍼졌어요.

순간 설쌤의 머릿속에 미호가 했던 말이 스쳐 지나갔어요. 호랑이가 종종 마을로 내려오고 있다는 것 말이에요!

그리고 이내 설쌤은 울음소리가 들려온 쪽을 바라보며 외쳤어요.

"선비 형제!"

분명 소리가 들려온 곳은 선비 형제의 집 근처였기 때문이에요. 설쌤의 말이 끝나기도 전에 할아버지가 몸을 휙 돌려 그곳을 향해 달리기 시작했어요. 당황한 설쌤이 할아버지를 보며 다급히 외쳤어요.

"어, 어르신! 잠시만요! 가서 뭘 어쩌시게요? 호랑이와 싸우기라도 하시려고요?"

하지만 할아버지는 설쌤의 말을 무시하고 더욱 속도를 높이기 시작했어요. 어쩔 수 없이 설쌤도 할아버지의 뒤를 따라 뛰기 시작했지요.

숨을 헐떡이며 선비 형제의 집 앞에 다다랐을 때, 설쌤은
눈앞에 펼쳐진 광경에 너무 놀라 비명을 지르고 말았어요.
집채만 한 호랑이가 할아버지를 덮치려 하고 있었거든요.

"아, 안 돼!"

설쌤은 이런저런 생각할 틈도 없이 몸을 날려 할아버지 앞을 막아섰어요. 그리고는 두 눈을 질끈 감았지요.

얼마나 지났을까, 예상과 달리 아무런 고통이 느껴지지 않자 설쌤은 슬그머니 눈을 떴어요.

설쌤은 두 눈으로 직접 보고도 믿기가 어려웠어요. 무시무시하게 달려들었던 호랑이가 할아버지 앞에 넙죽 엎드려 있었기 때문이에요. 어디선가 아기 호랑이들까지 나타나 할아버지에게 아양을 떨고 있었지요.

설쌤은 믿을 수가 없어 자기 볼을 확 꼬집어 보았어요.

"아야, 꿈이 아니야! 이게 어떻게 된 거예요?"

하지만 놀라운 건 지금부터였어요. 할아버지가 호랑이에게 말을 걸고 있었거든요. 게다가 호랑이는 할아버지의 말에 대답이라도 하듯 그르렁거리고 있었지요.

"이, 이게 무슨……! 설마 지금 호랑이하고 대화라도 하시는……?"

설쌤이 기막힌 표정을 짓고 있던 그때, 소란스러운 소리를 듣고 선비 형제가 집 밖으로 나왔어요. 그러고는 아기 호랑이들을 보며 반갑다는 듯이 인사를 했지요.

"앗! 저번에 우리가 구해 준 아기 호랑이들이잖아? 여긴 어떻게 온 거지?"

잘 지냈니?

폴짝

폴짝

선비 형제가 아는 체를 하자 호랑이들이 반갑다는 듯 꼬리를 탁탁 내리쳤어요. 그 모습을 보며 할아버지가 선비 형제에게 말을 건넸지요.

"선비님들께서 사냥꾼들이 놓은 덫에 빠진 아기 호랑이들을 구해 주었다면서요? 어미 호랑이가 선비님들께 은혜를 갚으려고 이곳에 죽은 짐승을 두고 갔다고 합니다."

그 말을 들은 선비 형제는 깜짝 놀란 눈으로 호랑이를 쳐다보았어요.

"아니, 그게 정말입니까? 왠지 이상하다 했어요. 의적이 다른 집에는 곡식과 재물을 갖다 두었다고 하던데, 저희 집 앞에만 죽은 짐승이 있지 않았습니까."

"이게 다 어미 호랑이가 갖다 놓은 거였다니……. 덕분에 배곯지 않고 지냈습니다. 호랑이가 의적이었네요."

선비 형제가 따스한 눈으로 어미 호랑이와 아기 호랑이를 바라보았어요. 어미 호랑이도 선비 형제의 눈빛에 답이라도 하듯 '그르르릉' 잔잔한 소리를 내며 지그시 눈을 감았어요.

한편, 이 모든 상황을 지켜본 설쌤은 할아버지에게 당당히 다가갔어요. 그러고는 확신에 찬 목소리로 말했지요.

"어르신, 호랑이와 대화까지 하시네요? 의적 활동도 하시지, 짐승과 대화도 하시지, 대체 정체가……, 헉!"

하지만 설쌤은 씩씩하게 나선 것과 달리 말을 다 잇지 못했어요. 왜냐하면……, 아기 호랑이들이 너무 귀여웠기 때문이에요.

"아잉, 얘들아! 온종일 너희랑 놀고 싶어잉!"

며칠 뒤, 설쌤이 다시 이야기판의 한가운데에 섰어요. 설쌤은 홍길동 이야기를 목 빠지게 기다린 사람들을 위해 이야기를 이어 갔어요.

기억나십니까?
동에 번쩍, 서에 번쩍
홍길동 때문에
조선 팔도가 발칵
뒤집혔던 일을 말이지요!

좌락

잡히지 않는 길동 때문에
임금님의 분노는 커져만 갔습니다.

도적놈 하나
잡는 게 그리
어렵더냐?

콰앙

방법을
말해 보거라!

홍길동은
부모도 없소?

듣자 하니 홍 판서가
그 아비라 합니다!

아들 대신
그 아비가 벌을
받게 합시다!

웅성 웅성

그러나 홍 판서는 길동이 의적이 되어 온 나라를 소란스럽게 한다는
소식에 마음의 병을 얻어 시름시름 앓아누운 지 오래였습니다.

…그래서
병든 아버님 대신 제가
오게 되었습니다.

픽

아우가 지은 죄가 있어
형인 제가 대신 벌을
받아야 마땅하나,

슥

제가 죽으면
제 아비는
어찌하오리까!

부디 통촉하여
주시옵소서!

그렁

그렁

쿵

저런….

임금님은 길동의 형이 보여 준 효성에 감동해 벌을 내리지 않는 대신, 그에게 동생을 직접 잡아 오라고 명령했습니다.

길동이를
무슨 수로 만나지?

갔다

왔다

아버지가
아프시다고 편지를
써 보자.

아우 길동 보아라.
나 네 형이다.
아버지가 많이 아프시다.
얼른 집으로 오길 바란다.

― 형 씀

이걸 읽고
길동이가 꼭
와 주었으면!

아우 길동 보아라.
나 네 형이다.
아버지가 많이 아프시다.
얼른 집으로 오길 바란다.

― 형 씀

아니,
아버지가…!

형님…!

길동아!

사실 내가 너를 부른 것은…, 임금님께서 너를 잡아들이라 하셨다.

비록 너는 나와 어머니는 다르지만, 누구보다 총명하고 재주도 특별했다. 그런 네가 어찌 그런 일들을…!

흑

흑

제가 어떤 설움을 당했는지, 형님도 잘 아시지 않습니까?

하나 아버지와 형님에게까지 죄를 지을 수는 없으니 저를 끌고 가십시오.

스윽

그런데 이렇게 임금님 앞에 붙잡혀 온 길동이…,

이건 또 무슨 해괴한 일이냐!

이럴 수가!

스멀

스멀

아비라면 진짜 아들을 가려낼 수 있을 테지…, 홍 판서를 들라 하라!

아니, 내 아들이 여덟 명이라니!

아뢰옵기 황공하오나, 생김새로는 구별할 수 없습니다. 대신에 제 아들은 다리에 붉은 점이 일곱 개 있사옵니다.

홍 판서가 기가 막혀 쓰러지자 여덟 명의 길동이 일제히 주머니에서 알약을 꺼내어 홍 판서의 입에 넣어 주었습니다.

길동아, 나라를
어지럽혀서는 안 된다….
이제 그만하거라.

스윽

아버지….

흑
흑
흑

스
스
스
스

제가 나라를 어지럽히다니요.
백성의 재물은 털끝만큼도 건드리지
않고, 욕심 많은 탐관오리의 재물만
빼앗아 불쌍한 백성들에게 다시
돌려줬을 뿐입니다.

여덟 명의 길동은 연기와 함께 사라지고 허수아비만 남았습니다.

펑

털썩

특

임금님은 더욱 크게 노할 수밖에 없었습니다.

감히 임금을 농락하다니!

무슨 수를 써서라도 잡아 오도록 하라!

쾅

길동을 잡으려 조선 팔도가 발칵 뒤집혔으나, 쉽게 잡히지 않았습니다.
알다시피 길동은 온갖 도술을 부려 도망칠 수 있었기 때문이지요.

홍길동이 한양으로 들어온다는 소식입니다!

이번에야말로 놓치면 안 된다!

유유히 성안으로 들어간 길동은 급기야
이런 내용의 방을 곳곳에 붙여 둡니다.

신의 평생소원이
병조판서이오니 제게
병조판서 벼슬을 내리신다면
스스로 전하 앞으로
잡혀가겠습니다.

- 홍길동 씀

"뭐? 갑자기 병조판서가 소원이라니, 왜?"

"너무 뜬금없는 이야기가 아닌가?"

이야기를 듣던 사람들이 고개를 갸웃했어요. 그러자 한 사내가 사람들에게 큰소리로 말했지요.

"왜긴, 첩의 자식이라는 이유로 높은 벼슬에 오를 수 없으니까 그렇지! 평생의 한을 풀려는 거 아니겠는가!"

그제야 길동의 속마음을 알게 된 사람들이 껄껄 웃으며 말했어요.

"하하! 그런 거군! 그러면 병조판서 자리를 여덟 개는 만들어야겠어!"

"그러게 말이야! 하여튼 홍길동이 우리 주변에도 있으면 얼마나 좋을까? 탐관오리도 다 혼내 주고 말이야!"

"예끼, 이 사람아! 우리 마을에도 홍길동 못지않은 의적이 있지 않은가! 소문을 듣자 하니 사병들 데리고 떵떵대던 신 대감 댁도 간밤에 털렸다고 하더군!"

"그게 정말인가? 그것 참 고소하구먼!"

신 대감네 이야기가 나오자 설쌤이 할아버지를 슬쩍 쳐다보았어요. 할아버지는 이제 아닌 척할 수 없었는지 설쌤의 시선을 어색하게 피할 뿐이었지요. 설쌤은 그런 할아버지를 보고 씩 웃으며 이야기를 이어 나갔어요.

관복을 차려입은 길동이 임금님 앞에 와서 큰절을 했습니다.

전하, 신은 벼슬이 탐났던 것이 아닙니다. 그저 천한 출생 때문에 뜻을 마음껏 펼칠 수 없는 서러움을 풀고 싶었을 뿐이지요.

척

전하의 은혜로 한을 풀게 되었으니 더 이상 세상을 어지럽히지 않고 산속으로 들어가 보려고 합니다.

말을 마친 길동은 구름을 불러 올라타고는 유유히 사라졌습니다.

휘우우

허허….

그렇게 다시 도적 떼와 함께 숨어 살기를 3년,
길동은 다시 부하들을 데리고 산을 나섰습니다.

이제 우리가 세상으로
갈 때가 되었다!

길동은 부하들을 이끌고 바다 건너로 갈 생각이었습니다.
배는 곧 먼바다로 나아갔습니다.

길동은 제도에서 많은 일을 겪었습니다.
여인과 마음이 통해 부부의 연을 맺기도 하고,

하하

하하하

아버지 홍 판서가 세상을 떠난 것을 알고 오랫동안 슬퍼하기도 했습니다.

아버지께서
세상을 떠나셨구나.

부우우웅

길동은 남쪽 나라 율도국을 지켜봐 온 터였습니다.

척

제도

율도국

이곳은 땅이 기름지고
물이 맑아 풍요로운 곳이지만
나라를 다스리는 왕이
포악하고 욕심이 많아 백성들이
고통받고 있다.

활빈당의 이름으로
백성들이 잘 사는
세상을 만들 것이다!

홍길동!
홍길동!

활빈당!
활빈당!

만세!

와아

우리가 왕을
몰아내고 이곳을
차지할 것이다.

와아아

궁지에 몰린 율도국의 왕이 도망치자, 길동이 그의 뒤를 쫓았습니다.
빠르게 달리는 말을 따라잡는 것은 길동에게는 너무나 쉬운 일이었습니다.

율도국을 차지한 길동은 왕의 창고를 열어
굶주렸던 백성들에게 곡식과 재물을 모두 나누어 주었고,

백성들에게 골고루
나누어 주거라!

덜컹

백성들은 길동의 이름을 목청껏 외쳐 불렀습니다.

홍길동
만세!

새로운 왕
만세!

와아

그렇게 율도국은 길동을 왕으로 세우고 어진 임금의 덕이 온 나라에 퍼져 해마다 풍년이요, 백성들도 오래오래 평안하게 살아갔다고 합니다!

하하하

하하하

의적 홍길동 이야기,
여기까지입니다!

"천한 출생 때문에 차별받아 서럽게 울더니만 결국 왕이 되었구나!"

"홍길동 멋있다! 끝까지 백성들 편이라니!"

끝까지 못된 관리들을 혼내 주고, 가난한 백성들을 보살피는 길동의 모습에, 사람들은 그 어느 때보다 크고 우렁찬 박수를 보내 주었어요. 그중에는 선비 형제도 있었지요.

박수 소리가 잦아들자 사람들은 선비 형제에게 안부를 물었어요.

"아직도 의적이 죽은 짐승을 집 앞에 두고 가나요?"

사람들의 질문에 선비 형제가 미소를 지으며 답했어요.

"그게 말입니다, 의적이 아니라 호랑이가 한 거였어요. 덫에 빠진 아기 호랑이들을 구해 준 적이 있는데, 그 보답으로 어미 호랑이가 죽은 짐승을 저희 집 앞에 가져다 두고 있었습니다."

사람들의 눈이 휘둥그레졌어요.

"아니, 그럼 며칠 동안 호랑이가 마을에 내려왔던 게 은혜를 갚으러 온 거였어?"

"그러게 말이야. 나는 그것도 모르고 밤마다 벌벌 떨었네! 짐승까지 선비님들을 도우니 반드시 과거에 합격하실 겁니다!"

사람들의 응원을 들은 선비 형제는 다부진 각오를 다지며 말했어요.

"예, 꼭 과거에 합격하겠습니다. 어진 벼슬아치가 되는 것만이 은혜를 갚는 길이겠지요."

선비 형제의 말을 들은 사람들은 흐뭇한 미소를 지었지요.

"선비님들 같은 분들만 벼슬아치가 된다면 의적들은 할 일이 없겠소이다! 하하하!"

"암, 그렇고말고!"

한편, 세책점으로 돌아온 설쌤은 할아버지를 졸졸 따라다니며 속사포처럼 따졌어요.

"이놈아! 홍길동은 무슨!"

할아버지가 호통을 쳤지만 설쌤도 이번만큼은 물러나지 않았어요.

"아, 알겠어요. 홍길동 아니라는 것은 인정. 그런데 저를 서울에서 이곳으로 데려온 것도 어르신이죠? 도대체 저를 왜 데려온 거예요? 얼른 서울로 돌려보내 줘요!"

"그, 그게 무슨 소리냐? 서울은 또 뭐고? 헛소리할 거면 그 시간에 낭독 연습이나 해라!"

할아버지가 버럭 화를 내며 세책점 안쪽으로 휙 들어갔어요. 설쌤도 재빨리 할아버지를 따라갔지요.

하지만 그새 할아버지는 온데간데없이 사라졌어요. 아무도 없는 방 안에는 그림만 덜렁 걸려 있었지요. 그런데……, 그림이 묘하게 달라져 있었어요.

"그림에 원래 구름이 있었나? 그나저나 구름 위에 사람이 있는 것 같은데……, 엥?"

믿을 수 없는 광경에 설쌤이 두 눈을 비비고 다시 그림을
들여다보았어요. 그러나 그림 속에 있던 할아버지와 구름
은 순식간에 사라져 버렸지요.

부록

재미있게 읽고
퀴즈도 풀어요

《홍길동전》을 한번에 정리해 봐요!

① 홍길동의 설움

홍길동
아버지를 아버지라 부르지 못하니 서럽습니다.

홍길동은 첩의 자식이라는 신분의 벽에 가로막혀 자신의 뜻을 펼칠 수 없었어요.

② 집 떠나는 홍길동

초낭이 자객을 시켜 홍길동을 죽이려 하지만, 홍길동은 자객을 처치한 뒤 집을 떠나요.

③ 의적이 된 홍길동

활빈당
홍길동이 이제 우리 두목이다!

도적의 무리를 만나 그들의 두목이 되고, 가난한 백성을 살린다는 '활빈당'을 만들어요.

④ 활빈당의 활약

탐관오리에게 재물을 훔쳐 가난한 백성들에게 나누어 주며 활약해요.

⑤ 홍길동을 잡아라

임금
누, 누가 진짜
홍길동인 것이냐?

조정에서 홍길동을 잡으려고
하지만 잡지 못해요.

⑦ 새 나라를 만들다

부하들과 조선을 떠나 제도에
살다가, 율도국으로 가 왕이 되
어 평화로운 나라를 만들어요.

⑥ 억울함을 풀다

임금 앞에 나아간 홍길동은 불
합리한 현실을 말하고, 병조판
서 벼슬을 받자 사라져요.

141

교수님! 〈홍길동전〉은 어떤 책이에요?

◈ **조선 시대의 차별과 부패를 비판하는 이야기, 〈홍길동전〉** ◈

| 지은이 | 허균 | 시대적 배경 | 조선 시대 |

지은이 허균
지은 시기 조선 시대
주제 부조리한 사회 제도 비판, 이상적인 나라의 건설

시대적 배경 조선 시대
갈래 한글 소설, 영웅 소설

우리나라 최초의 한글 소설로 알려진 〈홍길동전〉은 천한 출생 때문에 차별받던 주인공 홍길동이 자신이 가진 능력을 펼치며 세상을 바꾸고자 한 이야기를 담고 있어요. 조선 시대는 신분에 따른 차별이 심한 데다, 탐관오리의 횡포가 심해 백성들이 살아가기가 힘들었어요.

〈홍길동전〉은 이러한 현실을 헤쳐 나가는 평등의 중요성과 정의에 대하여 우리에게 이야기하고 있어요. 홍길동은 신분 때문에 자신의 뜻을 펼칠 수 없는 것을 슬퍼하지만, 이에 좌절하지 않고 자신의 능력으로 새로운 길을 찾아내는 모습을 통해 우리에게 용기와 지혜를 가르쳐 줘요.

우리나라 소설에는 홍길동을 비롯해 유명한 도적 3인이 있어요. 바로 홍길동, 임꺽정, 장길산이지요. 이들은 모두 조선 시대 때 실존했던 인물로, 조선 시대 학자였던 이익의 〈성호사설〉에도 그 기록이 남아 있어요.

▲ 이익의 〈성호사설〉

❊ 〈홍길동전〉의 작가, 허균

〈홍길동전〉은 조선 시대의 문신이자 학자였던 허균
이 지었다고 전해져요. 그는 양반이었음에도 불구하
고 소외된 이들의 삶을 문학에 담아냈어요. 특히 〈홍
길동전〉을 통해 부패한 사회를 뜯어고쳐 새로운 세상
을 이루고자 하는 혁명적인 생각을 드러내고 있어요.
그러나 오늘날에는 〈홍길동전〉의 작가가 허균이 아니
라는 이야기도 나오고 있어요.

▲ 허균

◈ 이 책을 함께 읽는 부모님·선생님께 ◈

〈홍길동전〉이 많은 인기를 얻었던 이유에는 여러 가지가 있
겠지만, 불합리한 사회 제도에 맞서 자신의 삶을 스스로 가꾸
어 나가는 정의로운 영웅의 이야기라는 것이 가장 큰 이유가
아닐까 합니다.

사실 홍길동의 이야기는 현실에서는 일어나기 어려운 일입니
다. 그럼에도 많은 사람들이 홍길동의 삶에 박수를 보내는 것
은, 그 어려운 일이 현실에서 이루어지기를 바라는 소망을 가
지고 있기 때문일 것입니다. 소설은 현실을 있는 그대로 그리
는 것이 아니라 소망을 그린다는 말도 이런 이치를 품고 있습
니다. 오늘날의 우리 사회가 더 정의롭기를 바라는 소망이 있
는 한, 〈홍길동전〉의 가치도 여전히 빛을 잃지 않을 것입니다.

– 한양대학교 국어교육과 류수열 교수

설쌤! 옛날 사람들은 어떻게 살았어요?

❋ 홍길동은 실존 인물인가요?

홍길동은 조선의 10대 왕인 연산군 때의 실존 인물이에요. 충청도 일대를 중심으로 활약한 도적 떼의 두목으로, 실제로 벼슬아치의 복장을 하고 떼를 지어 관가에 들어가서 재물을 빼앗았다는 기록이 남아 있어요. 그러나 소설 속 홍길동과 실제 홍길동이 같은 사람인 것은 아니에요. 작가는 실존 인물인 홍길동의 특정 행동과 사건에 자신이 상상한 내용을 덧붙여 이야기를 꾸며 낸 것이지요.

❋ 홍길동은 왜 아버지를 아버지라 부를 수 없었나요?

〈홍길동전〉이 지어진 조선 시대는 신분 제도가 아주 엄격했어요. 특히 자녀의 신분은 어머니의 신분에 따라 결정되었어요. 즉, 아버지가 아무리 높은 양반이어도 어머니가 양반이 아니면 그 아들은 양반이 아니었지요. 아버지가 양반일 때 같은 양반 출신의 본부인에게서 태어난 아들은 '적자'로 양반이 되었지만, 신분이 낮은 첩에게서 태어난 아들은 '서자'나 '얼자'로 불리며 차별을 받았어요. 그리고 서자와 얼자를 두루 일러 '서얼'이라고 했지요. 그런 이유로 홍길동은 호부호형(呼父呼兄), 즉 아버지를 아버지라 부르고 형을 형이라 부르는 일조차 할 수 없었던 것이지요.

✼ 홍 판서처럼 부인이 여러 명일 수 있었나요?

조선 시대의 혼인 제도는 기본적으로 한 남편이 한 아내만 두는 일부일처제이지만 첩을 들이는 것을 허용했어요. 양반 남성은 본부인이 살아 있는 동안에도 양민 이하의 신분을 가진 여성을 첩으로 맞이하는 일이 흔했어요. 본부인 외에 같은 집에서 살고 있는 여자를 흔히 첩, 소실, 후실 등으로 불렀지요.

조선 시대에 첩을 둔 이유는 본부인이 병이 들거나 집안일을 돌보기 힘든 경우 이를 대신하기 위한 것 등 다양했지만, 그중에서도 자손을 많이 두는 풍속이 가장 큰 이유로 작용했다고 해요.

✼ 의적은 도둑과 어떻게 다른가요?

의적은 못된 부자나 탐관오리 등으로부터 재물을 빼앗아 가난한 사람들을 도와주는 의로운 도둑을 말해요. 일반적인 도둑이 남의 물건을 훔치거나 빼앗는 따위의 나쁜 짓을 하는 사람인 것과는 다르지요.

이러한 의적은 우리나라에만 있었던 것이 아니에요. 세계 여러 나라에도 나라가 올바르게 통치되지 않고, 백성들이 탐관오리들로부터 괴로움을 당하는 어려운 시기마다 가난하고 불쌍한 사람들을 돕는 의적들이 있었어요. 영국의 로빈 후드나 중국의 소설 〈수호전〉에 등장하는 송강 등이 그 대표적인 예이지요.

▲ 영국의 로빈 후드 동상

설쌤과 함께 생각을 나눠 봐요!

Q 홍 판서는 홍길동이 천한 출생 때문에 겪는 억울함을 알고도 홍길동에게 더 매섭게 대했지요. 왜 그랬을까요?

조선 시대의 신분 제도는 아주 엄격했어요. 게다가 홍 판서는 이조판서와 좌의정으로, 아주 높은 벼슬을 하는 인물이에요. 따라서 홍 판서는 나라에서 정해 놓은 법과 제도를 따라야만 한다고 생각하여 홍길동을 꾸짖고 매섭게 대할 수밖에 없었을 거예요.

Q 홍길동이 임금 앞에 나아가 병조판서 벼슬을 달라고 한 이유는 무엇이었을까요?

홍길동의 괴로움은 신분에서 비롯되었어요. 홍길동은 뛰어난 재주를 가지고 있지만, 천한 출생 때문에 자신의 뜻을 펼칠 수 없는 것을 한탄했지요. 병조판서는 오늘날의 국방부 장관 정도 되는 높은 벼슬로 첩의 자식이라면 하기가 어려워요. 그래서 임금이 이를 허락한다면 자신의 한을 풀 수 있으리라 생각했을 거예요.

✽ 아무리 못된 양반과 탐관오리에게서 훔쳤다고 해도 도둑질은 옳은 행동이 아니에요. 법을 어기고 도둑질을 통해 백성들을 도운 홍길동의 행동에 대해 어떻게 생각하나요? 미호와 할아버지의 이야기를 읽고 자신의 생각을 자유롭게 펼쳐 보세요!

못된 양반들과 탐관오리가 부자가 된 것은 백성들을 쥐어짜서 재산을 모았기 때문이야. 그들이 가진 재산은 원래 백성들의 것이니, 본래 주인에게 돌려준 것이 아닐까?

홍길동은 잘못된 사회를 바로잡기 위해 자신이 할 수 있는 일을 했어. 그러나 그 방법이 도둑질이라는 법에 어긋나고 잘못된 일이었기 때문에 홍길동의 행동을 잘했다고만 할 수는 없어. 우리는 의도가 선하다고 해서 모두 옳은 일은 아니라는 사실을 알아야만 해.

쏙쏙 들어오는 어휘력 노트

의적 탐관오리의 재물을 훔쳐다가 가난한 사람을 도와주는
의로운 도적을 말해요. P.19

아닌 밤중에 홍두깨 내밀다 별안간 엉뚱한 말이나 행동을 하는
것을 비유적으로 이르는 속담이에요. P.24

관상쟁이 사람의 얼굴을 보고 성격, 수명 따위를 판단하는 일을
직업으로 하는 사람이에요. P.38

역모 임금을 쫓아내고 새 나라를 세우려는 계획을 말해요. P.40

불 보듯 뻔하다 앞으로 일어날 일이 의심할 여지가 없이 아주
명백하다는 말이에요. P.62

비몽사몽 완전히 잠이 들지도 잠에서 깨어나지도 않은
어렴풋한 상태를 말해요. P.62

머리에 피도 안 마르다 아직 어른이 되려면 멀었다는 뜻으로
나이가 어리다는 말이에요. P.68

축지법 도술로 땅을 좁혀 먼 거리를 아주 빨리 갈 수 있게
한다는 방법을 말해요. P.77

착취하다 일한 대가를 제대로 주지 않고 마구 부리고
빼앗는 것을 말해요. P.80

꼬리가 길면 밟힌다 못된 행동을 남몰래 계속하면
결국에는 들통이 난다는 뜻을 가진 속담이에요. P.94

잘 읽고 이어지는
문해력 퀴즈에
도전해 보세요!

1 글을 읽고 알맞은 단어에 ○ 해 보세요.

> 홍길동은 (축지법/ 금지법)을 사용해 부하들보다 더 빨리
> 마을에 도착해 있었습니다.

2 글을 읽고 빈칸에 들어갈 단어를 보기에서 골라 써 보세요.

> 깜빡 잠이 들었다가 [   ] 눈을 뜬
> 설쌤은 깜짝 놀랐습니다.

비몽사몽	흐지부지

3 <홍길동전>의 내용으로 맞으면 ○, 틀리면 ✕ 해 보세요.

① 홍길동은 명망 높은 홍 판서의 아들로 태어났어요. (   )

② 홍길동은 재주가 뛰어났지만 높은 벼슬에 오르기는
어려웠어요. (   )

③ 홍길동은 해인사에서 수련하며 실력을 키웠어요. (   )

④ 홍길동은 병조판서 자리에 올라 충성을 다했어요. (   )

4 <홍길동전>의 등장인물에 대한 알맞은 내용을 선으로 연결해 보세요.

① 홍길동 ●   ● ㉠ 첩의 아들   ● ⓐ 적자

② 길동의 형 ●   ● ㉡ 본부인의 아들 ●   ● ⓑ 서얼

5 <홍길동전> 등장인물의 대사를 읽고 이야기와 어울리지 <u>않는</u> 말을 하는 사람을 찾아보세요. (   )

① 홍길동: 아버지를 아버지라 부르지 못하고, 형을 형이라 부르지 못하니 이렇게 살아 무엇 하겠습니까?

② 홍 판서: 내 이제 너의 억울함을 알았으니 아버지라 부르는 것을 허하겠다.

③ 초낭: 길동이 너의 재주가 보통이 아니니 앞으로 나도 내 자식처럼 아끼며 사랑할 것이다.

6 글을 읽고 뜻에 알맞은 단어를 써 보세요.

별안간 엉뚱한 말이나 행동을 함을 비유적으로 이르는 말.

아닌 밤중에 ☐ ☐ ☐ 내밀다.

7 글을 읽고 빈칸에 들어갈 속담을 찾아보세요. (   )

> 임금 : 뭣들 하고 있느냐? 당장 홍길동을 잡아 오거라!
> 신하 : 전하, 신들이 홍길동을 잡으러 가도 도술을 부려
>   도망갈 것이 [   ].

① 가재는 게 편입니다

② 불 보듯 뻔합니다

③ 다 된 밥에 재 뿌리는 격입니다

8 <홍길동전>을 읽고 사건이 일어난 순서를 맞혀
보세요. (   )

> ㉠ 탐관오리의 재산을 빼앗아 불쌍한 백성들에게
>   나누어 줘요.
> ㉡ 홍길동이 첩의 자식으로 태어나 억울함을 품고 살아가요.
> ㉢ 초낭의 계략으로 죽을 뻔한 위기를 겪고, 집을 떠나
>   도적 떼의 두목이 돼요.
> ㉣ 율도국의 왕이 되어 나라를 평화롭게 다스려요.

① ㉠-㉡-㉣-㉢   ② ㉡-㉠-㉣-㉢

③ ㉡-㉢-㉠-㉣   ④ ㉢-㉡-㉠-㉣

한 장으로 정리하는 독서 일기

미호의 독서 일기

1. 천한 출생 때문에 아버지를 아버지라 부를 수 없고, 형을 형이라 부를 수 없었던 홍길동은 몹시 억울하고 답답했을 것 같다.

2. 어차피 허락해 줄 것을, 진작 홍길동을 아들로 대우해 주지 않은 홍 판서가 야속하다.

3. 홍길동이 사랑받는 이유는 비범한 도술과 재주뿐만 아니라, 어려운 사람을 돕는 고귀한 정신 때문인 것 같다.

설쌤의 독서 일기

1. 조선 시대 사람들은 도술로 탐관오리를 골탕 먹이는 홍길동의 모습을 보며 통쾌함을 느꼈을 것이다. 못된 양반과 탐관오리를 혼내 주고 가난한 백성들을 도운 홍길동은 영웅 중의 영웅이었다.

2. 신분의 차별로 인해 자신의 능력을 펼치는 것이 불가능한 상황에서도 홍길동은 좌절하거나 포기하지 않았다. 어떠한 어려운 상황에서도 자신이 할 수 있는 최선을 다하자.

_____의 독서 일기

✺ 재밌었던 장면, 베스트 3

✺ 인상 깊은 문장이나 대사, 베스트 3

정답 및 해설

① **정답** 축지법

해설 빈칸에 들어갈 단어는 도술로 땅을 좁혀 먼 거리를 아주 빨리 갈 수 있게 하는 방법이라는 뜻을 가진 '축지법'이에요.

② **정답** 비몽사몽

해설 빈칸에 들어갈 단어는 완전히 잠이 들지도 잠에서 깨어나지도 않은 어렴풋한 상태를 뜻하는 말인 '비몽사몽'이에요.

③ **정답** ①-O, ②-O, ③-X, ④-X

해설 홍길동은 홍 판서와 몸종 춘섬 사이에서 태어났어요. 그래서 재주가 뛰어났지만 높은 벼슬에 오르기는 어려웠지요. 집을 나간 홍길동은 도적 떼의 두목이 되어 부패한 해인사를 습격해 재물을 빼앗았어요. 이러한 홍길동을 잡기 위해 임금은 병조판서 자리를 내렸지만, 홍길동은 마다하고 떠나요.

④ **정답** ①-㉠-ⓑ, ②-㉡-ⓐ

⑤ **정답** ③

⑥ **정답** 홍두깨

해설 별안간 엉뚱한 말이나 행동을 하는 것을 비유적으로 이르는 말은 '아닌 밤중에 홍두깨 내밀다.'예요.

⑦ **정답** ②

해설 '불 보듯 뻔하다.'는 앞으로 일어날 일이 의심할 여지가 없이 아주 명백하다는 의미를 가진 말이에요.

⑧ **정답** ③

해설 홍길동이 첩의 자식으로 태어나 억울함을 품고 살아가요.(㉡) 초낭의 계략으로 죽을 뻔한 위기를 거치고 집을 떠나 도적 떼의 두목이 돼요.(㉢) 탐관오리의 재산을 빼앗아 불쌍한 백성들에게 나누어 줘요.(㉠) 율도국의 왕이 되어 나라를 평화롭게 다스려요.(㉣)

문제를 풀고 나서
다시 한번 책을 읽으면
더욱 재미있을 거예요!

설민석의 우리 고전 대모험 5

ⓒDankkumi Corp.

1판 1쇄 인쇄 2025년 1월 15일
1판 1쇄 발행 2025년 2월 17일

글 설민석·최설희 | **그림** 강신영 | **감수** 류수열

펴낸이 설민석, 장군 | **사업총괄** 노성규
개발총괄 조성은 | **편집** 신은아, 류지형
디자인 황아름, 윤나래, 강은정, 김지선, 안혜원 | **영업** 양원석, 박민준, 최연수, 황단비
마케팅 박상곤, 강지성, 박혜인 | **제작** 혜윰나래
사진 개인 소장, 한국민족문화대백과사전

펴낸곳 단꿈아이
출판등록 2019년 10월 8일 제 2019-000111호
문의 내용문의 dankkum_i@dankkumi.com
　　　구입문의(영업마케팅) 031-623-1145 | Fax 031-602-1277
주소 13487 경기 성남시 분당구 판교로 242(삼평동), C동 701-2호

홈페이지 dankkumi.com | **인스타그램** @seolsamtv | **유튜브** '설쌤TV' 검색

ISBN 979-11-93031-70-4
　　　979-11-93031-40-7 (세트)

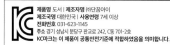